賜官講怪獸

劉天賜

序

研究怪獸是我五十之後的個人興趣。

同時我也喜歡研究殭屍、吸血鬼（Vampire）、喪屍（Zombie）、人狼（Werewolf）等怪物。究其原因，乃今世界理性主導，一切人類早前以為真確的物體，靈魂、怪物、超自然現象，都經不起科學考驗了。然而，有些事物我們仍確實不理解。這些事物之中包括「異獸、幻獸、奇獸」，牠們為甚麼存在於人的感覺上呢？或是實在早已存在於此世界上？「牠」有何意義？

每一文化都有自己的傳說。民間故事（神話），學者皆認為是人類童年文化（宗教）的起步。令我着迷的是當中的「獸」。這些

「獸」很奇怪，最初的形象是「幻」想出來的，人們恐懼甚麼，便會崇拜甚麼，而且把各種事物轉化成「獸的形象」，如虎臉加上其他動物的體型而成「混合體」。中西方古老文化皆如此，例如希臘《神譜》，中國的《山海經》、《白澤圖》等。後來再加上「人首」或人的「肢體」，成為「人與獸」合成的「神物」，可見於各大洲史前及現代民間神話之中。這些古代人留下來的「想像」、「半真實紀錄」讓現代人有了線索追尋人類思想的發展史。這也是我沉迷於「幻獸、怪獸」等知識的主因。

我獲天地圖書誠意邀請出書，在多倫多閉關多時，參考多本書籍、大量DVD及筆記，寫下這本「中西聞名怪獸圖冊」——《賜官講怪獸》，希望同好者指正。

本書只收錄各文化、各宗教所知的「全身是獸」的「動物」。與人類「結合」成一體的，可能得加寫在下一本《賜官講妖怪》中了。

說到中西文化之差異，不能不舉例「龍」。中國的龍（主要是中華文化）與西方歐美地區【宗教上、又稱塞爾特（Cultic）的】、中東、印度等地的「龍」有天淵之別（本書有載），中華文化命名的「龍」，使周邊文化如西藏、日本、韓國、越南等地受到極大影響，全都大同小異。可是，印度的「龍」（Naga）則完全不同了。印度的「龍」在多個宗教中（婆羅門教、印度教、佛教）成為獨立的形象；在佛教，牠尤其獨特而神聖。

西方的 Dragon，基本上與東方（中國、印度、波斯）及其他地區的龍沒有任何關係，然而，最初譯為「龍」，產生了很多誤會！西方的Dragon，以時代、地方區分，各有特性。西方神話中，Dragon有項特別任務：看守貴重的東西。牠的殺傷力很大，具超自然能力，可噴火焰，殺人毀物易過借火也。但也未必全是壞蛋，如威爾士（Wales）旗中的「Rea Dragon」就是「好龍」。

文化上，龍和蛇（及蟲）皆有「好」、「壞」之分，甚至有自己的故事，這些本書都有討論。例如《聖經舊約》提到巨獸貝西摩斯（Behemoth）和利維坦（Leviathan）；《聖經新約》也有十角野獸、和聖喬治（St. George）、聖馬太（St. Martha）馴服的惡龍塔拉斯克（Tarasque）。印度教則有難近母（Durga）故事，關於男人戀上女公牛。

這些「幻想物」、「怪獸」都在人類歷史上佔了很重要的位置。

後來又有小說《科學怪人》（*Frankenstein*），作者馬利．雪萊（Mary Shelley）把「科學怪人」留給世人思考：人類的創造物與上帝的創造物之間，界線在哪裏？

至於日本，民間的畫師及怪物研究者鳥山石燕搜集、整理出《百鬼夜行圖》。近年，不少研究及繪畫者都按照想像繪成「今天的怪獸」，這是當代文化思潮之見證呀！

本書所記，盡量講東又講西。觸類旁通，可舉一反三。

書中怪獸以東方、西方區分。東方大致上指中國及中華文化影響廣大的地方；西方則主要指歐洲及美洲地區；此外，還有中亞及其他地區等。內容太豐富，怪獸不能盡錄，只選擇聞名不如見面的而已。

最後記述參考書目：《搜神記》、《續搜神記》、《博物志》、《拾遺記》、《夷堅志》、《續夷堅志》、《山海經》、《三才圖會》、《中國妖怪大全》、《世界妖怪大全》等等太多不能盡錄了（參書末的書單）。

多謝各位讀者及天地圖書的編輯們，希望你們喜歡這本書！

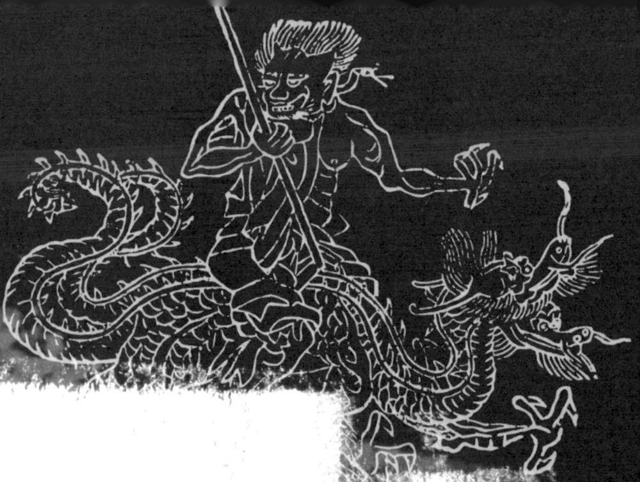

目錄

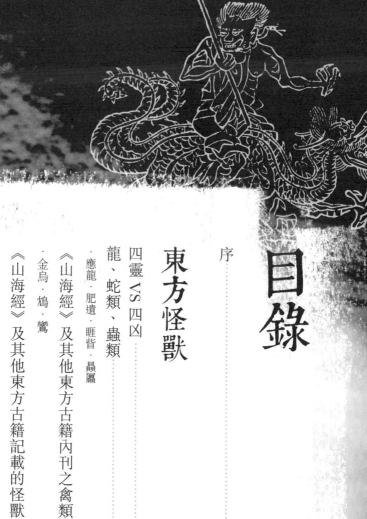

西方怪獸

東方怪獸

四靈 VS 四凶

四靈——青龍、白虎、玄鳥、蛇龜。

下圖是蚌塑堆成的陪葬品，左有青龍、右有白虎，專司保護靈魂不受妖魔侵襲。可說是左青龍、右白虎最早之出處，距今約六千年（仰韶文化古墓葬群）。

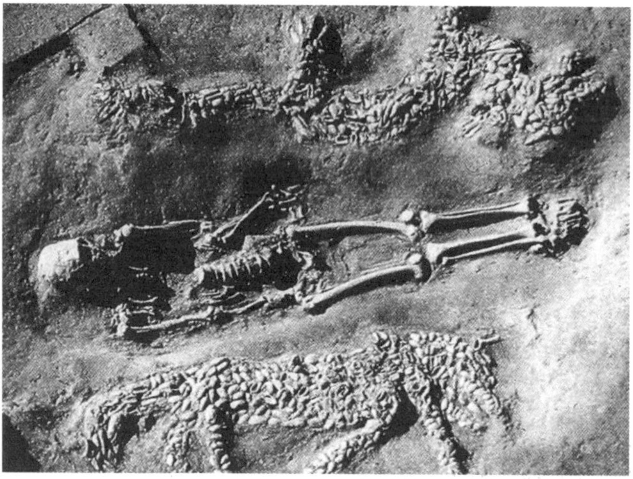

仰韶文化蚌塑墓葬，可見龍虎護於死者兩側。

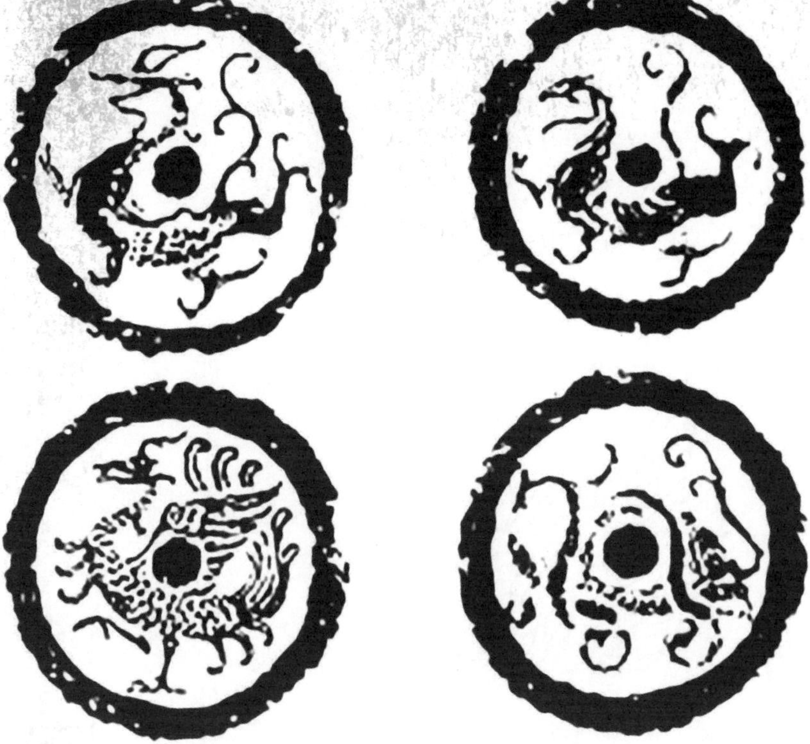

四靈雕刻，從左至右依次為青龍、白虎、
玄鳥（朱雀）、蛇龜（玄武）。

四凶——混沌、窮奇、檮杌、饕餮。

據《左傳．文公十八年》記述：

帝鴻氏之不才子「混沌」——又名「渾敦」，外貌不定。《山海經》載：牠是紅色似火之神鳥。六腳、四翼、沒臉（帝江）。《莊子》載：乃天帝，有神鑿其竅、七竅成，混沌死。《神異經》載：像是毛犬，有目而盲，有耳而聾，無五臟，直腸直肚。凶者，乃其脾氣，不分是非、善惡，無價值觀。按儒家思想言，沒是非之心，便是邪惡了。

混沌（帝江），六腳四翼無頭神鳥。

窮奇圖

窮奇另一形象是似牛，長蝟毛，一樣喜吃人。

少皞氏之不才子「窮奇」——有翼之虎，喜吃人。傳聞曉人語，但總欺有理者，欺善獎惡。

顓頊氏之不才子「檮杌」（粵音：桃兀），以上合稱「三凶」——虎形人臉，獠牙，長尾，又名「傲狠」，人面虎身，不能馴服。喜捉弄，作壁上觀。食人，獎惡。

縉雲氏之不才子「饕餮」，以上合稱「四凶」——十分貪吃（西方耶教視為七罪宗之一），據說會將自己身體也吃掉，吃到死為止。樣子猙獰，可見於鑄鼎，利齒、獸角，有臉無身。

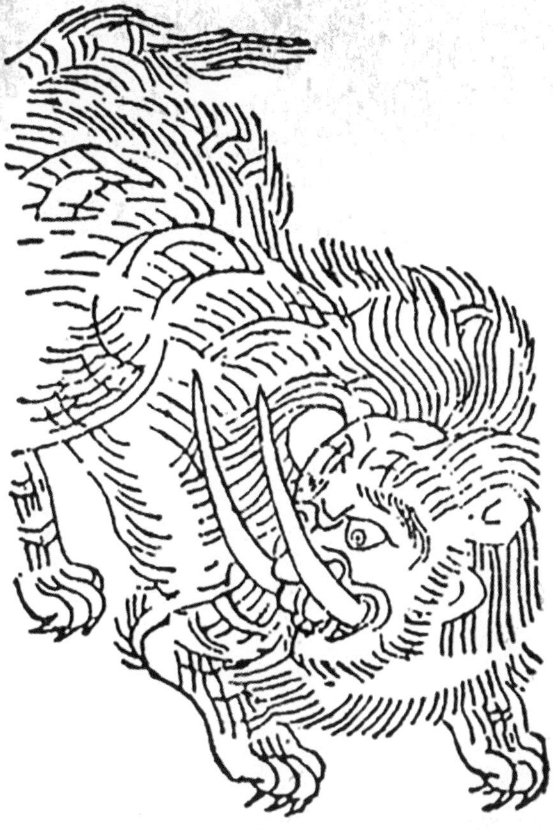

檮杌，人面虎足，豬口牙。

四凶的內在含意：以善惡分清界線為主。古人認為：知是非善惡乃人之本性善，苟使不合是非的仍堅持，則是大惡，窮凶極惡也。

龍、蛇類、蟲類

先説龍，中國龍非常特別，先介紹關鍵詞。

龍

龍袍

明朝皇帝的龍袍都是五爪龍；四爪為蟒，五爪為龍。龍袍上各種龍徽圖案，歷代有所變化。龍數一般為九條：前後身各三條，左右肩各一條，襟裏藏一條。正背各顯五條（肩膀的前後皆看得到），吻合帝位「九五之尊」。清代龍袍還繡「水腳」（下襬等部位有水浪山石圖案），隱喻山河統一。

龍的種類

夔龍——只有一隻腳（本是人名，堯之臣子），下詳。

蛟龍——身上有麟片，興雲霧。

虯龍——頭有角，成長中的小龍。乃群龍之首，祈雨之龍。

應龍——有翼謂之應龍。《述異記》：「龍五百年為角龍、千年為應龍。」下詳。

蟠龍——無角也無法上天。

蜻龍——愛水之龍。

火龍——愛火之龍。

鳴龍——愛鳴之龍。

蜥龍——愛戰之龍。

《山海經》記述了各種龍之樣子：

鼓——龍身人面，祭以白狗，稻穗。是怪獸燭陰之子。

相柳——人首蛇身，九腦。共工之屬臣。所到之處成有毒之湖泊，為大禹所殺，血腥臭，野獸皆厭。

韓流——五帝顓頊之父，醜怪、娶淖子女，生顓頊。

計蒙——龍頭，人身。「曰：光山，其上多碧，其下多木。神，計蒙處之。其狀人身而龍首，恆游於漳淵，出入必有飄風暴雨。」

計蒙畫像

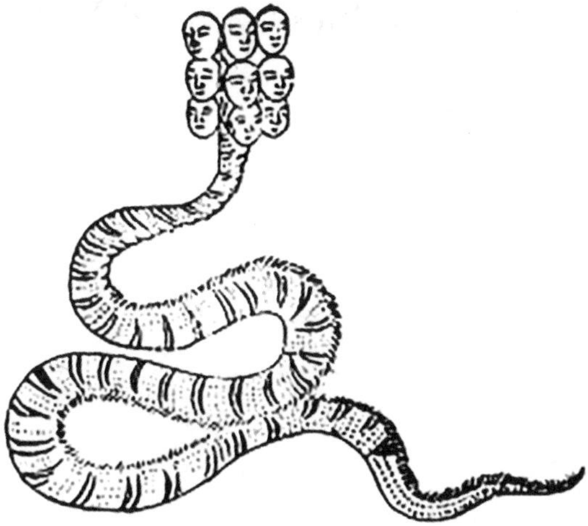

相柳，九頭蛇身怪。

應龍——下文有詳言。

蓐收——神明，左耳有蛇，乘二龍遊。

燭龍——又名燭陰，鍾山之神。人面蛇身長千里，常銜火照耀北方。視為晝，瞑為夜，吹為冬，呼為夏，不飲不食，不息，息為風，身長千里，在無啓之東。甚為物，人面，蛇身，赤色，居鍾山下。

龍的原本（原型）可能是蛇，有人在西藏地區拍攝到「龍」飛翔的樣子，有人收藏龍的骸骨。（不同於中藥的龍骨）

燭龍吸氣成雪，呼氣成炎，光可照及黃泉。

蓐收，左耳有蛇為其特徵。

蛇

中外古今蛇都是可怕的動物，利用其作為神話主角之一，自有原因，本書在西洋蛇的部份有述。

有關蛇的傳說，中國最為人知是「伏羲與女媧」的故事。伏羲又叫包羲、炮羲、匏瓠、伏戲，與女媧（粵音：女娃）乃兄妹，有傳說他們的碎肉成為「人」。另一說是女媧做人，以黃土加水搓成人樣。後來創造更快，搗水而四噴泥醬做成人。比較《聖經》中上帝以泥做人，及印度教濕婆妻柏瓦蒂以皮垢混香油做人神話，中國做人的神話較為有趣。

漢代石刻畫已有伏羲女媧這對夫婦或兄妹的形象，他們上身是「人」，穿漢朝衣服，下身是「蛇」，並且糾纏在一起，寓意交尾（性交）。他們在神話中是「人類祖先」。

漢墓伏羲女媧交尾石刻

《山海經》記述的蛇如：

鳴蛇——其狀如蛇，有翼，鳴聲如鐘磬響亮，發聲後有嚴重旱災。

肥遺——一頭兩身（非兩頭一身），也是大旱之預告。

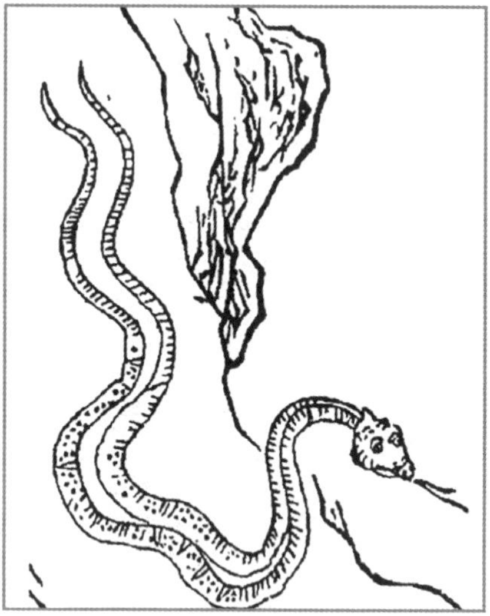

一頭兩身的肥遺

蟲

比較幼小的昆蟲，亦是爬行類。怪物中有蟲科。例如《山海經．大荒北經》有述琴蟲：「大荒之中，有山，名曰不咸……有蟲，獸首蛇身，名曰琴蟲。」郭璞有註：琴蟲，亦蛇類。可見蛇蟲本不分。

簡述了關鍵詞後，接下來詳述。

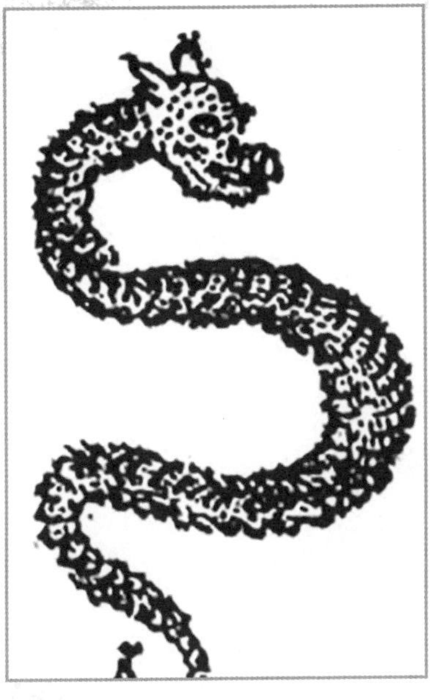

琴蟲，獸首蛇身。

龍

龍的形態

三停九似——

三停（部份之意）：頭至頸、頸至腹、腹至尾、長度相等。

九似：角似鹿，頭似駝，眼似兔，項似蛇，腹似蜃，鱗似鯉，爪似鷹，掌似虎，耳似牛。

亦有形容：

劍眉虎眼、獅鼻鰱口、鹿角牛耳、蛇身鯉甲、鷲腳鷹爪、馬齒獠牙，腿上有火，無翼能飛、能潛。

筆者攝於檳城

（早年的藝術家創造集合多種動物形象，以威儀、兇猛為主，後成權威根據）

眼——相傳南朝有名張僧繇（粵音：尤）的畫家，畫龍不點睛，揚言一點睛便化為真龍了。梁武帝不信，命加睛，龍果然沖天飛去，此即「畫龍點睛」成語由來。今舞龍必有點睛，令復生勇猛也。

尺木——王充《論衡》：「龍無尺木無以升天。」有說尺木是龍頭上有一呈三角形物，如博山。憑此物可升天。

鱗——身上鱗片共八十一片，九九無盡。密是雄、疏是雌。

逆鱗——有四十九片。韓非子認定：「夫龍之為蟲也，柔可狎而騎也，然其喉下有逆鱗徑尺，若有人嬰之者則必殺人。人主亦有逆鱗，說者能無嬰人主之逆鱗幾矣。」這是說每人都有一些不能觸犯的忌諱。

龍唾液——落地成黃金。

中國傳說有豢龍的人，西方亦有（《哈利波特》書中有言）。舜帝有豢龍氏，代王養二龍，怎知兩條死了一條，煮給王吃，受讚。及第二條也死，其徒開小差，故後人不知養龍之術了。（西方亦有養 Dragon 童子的動畫）

龍的演變過程

龍一直是中國文化的主題。龍有三樓能力，飛天、奔馳、潛行。

史前，伏羲、女媧下身是「蛇」；漢代劉邦自創為「龍子」；

唐代至明清皇帝稱天子，天之子與龍之子同矣。

最早的「龍」——新石器時代約八千年前，於遼寧考古發現，以石塊堆成，長達二十米。亦有紅山文化的「玉豬龍」及「玉句（勾）龍」（又稱「C形龍」），古玉的發現，證明龍是祭祀及保護人類的神獸。

於遼寧查海出土的石堆塑龍，是目前考古學界公認最早的龍。

玉豬龍——新石器時代紅山文化（約公元前六千至前五千年）出土，造型自環如勾的「玉龍」，頭像豬，故名玉豬龍。

玉句（勾）龍——出土於紅山文化，自環如勾，嘴巴前凸，長鼻如豕，生頂角如巾。

松石龍——二〇〇二年春，於河南洛陽偃師二里頭遺址一座墓葬出土，由綠色的松石堆塑而成，形態鮮明。《山海經》記載「黃帝乘龍歸天」，文物體現出古人對龍的崇拜、對神話確信不疑。

紅山文化出土的玉句龍

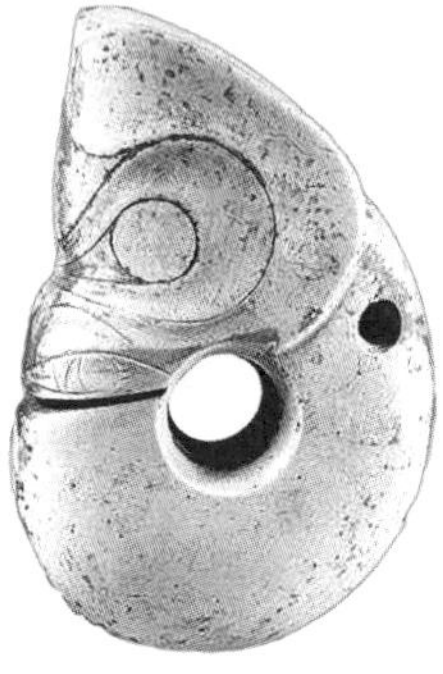

紅山文化出土的玉豬龍

二里頭遺址出土的綠松石龍，夏朝晚期文物，距今約四千年，這在學界成為夏朝確實存在的證據之一。

山西石樓出土的商代龍形觥

青銅龍觥——商朝奉鬼神的盛酒器。此說明早年龍是溝通天人的媒介。

龍形禮器及兵器——商代將虎首代豬首，加了角，成為威儀象徵。再加魚尾，擴展了龍的影響地帶，遠及水域。周朝多以龍紋為裝飾禮器，增加牠溝通天地、傳達禮儀的能力。禮器上、玉飾上、帛畫上（黃帝乘龍）皆有繪畫。

龍舟——早於屈原之前春秋時代，越國已有。聞一多指乃越國之圖騰（龍）祭祠。《穆天子傳》：「天子乘鳥舟龍舟浮於太沼。」當時在冬至或夏至舉行競賽。屈大均形容：「舟龍長十餘丈，高大七尺，龍鬚去水二尺，龍頭與頂坐六七人。多五月初五比賽。女士扒曰鳳艇。」唐朝，比賽已盛行。

漢朝——伏羲、女媧人頭蛇身則是漢後的觀念。傳說伏羲氏乃創造八卦的始祖，女媧是創造人類的女神，他們都是傳聞時代的人物。有很多說法，總之傳說人類的文明開創於這兩位神話人物。奇怪是，刻畫中他們下身都是「蛇」形，糾纏如交配。究竟「蛇」形狀與人類文明有何關係？

漢初，在政治宣傳中，加插劉邦之母在大澤上與「蛟龍」交配，生劉邦的神話。又說劉邦又斬白龍起義，加添了帝位由天定及承繼龍的子孫身份。西漢之帛畫「升仙圖」載「白龍飛騰」，龍的形態自此穩定下來，成為天上的尊貴動物。以龍作為主題的藝術作品亦開始多見。

魏晉南北朝——少數民族中人多進中土。印度佛教開始盛行，莫高窟內之畫作，也多了以龍為主題。

隋唐——龍已貴為天子的代號，唐皇冕服有十二章紋，身上有被龍紋。民間也盛行龍的藝術主體。

宋——祭祠上尊龍（立春祭東方句龍），蒼龍七星。祀龍有祈雨作用。龍的形態成熟，龍的威望正隆。

明、清——以明代控制龍的象徵應用較嚴，明太祖規定：「官吏衣服、帳幔不許用玄、黃、紫三色。並織繡龍鳳紋，

宋代墨龍圖

違者罪及染造之人。」敲定了皇帝專用之圖像及顏色，龍遍及一切皇家用品、建築。

明代太監專權，敢取皇帝龍袍穿着，後被彈，始改穿四爪蟒袍。（皇帝可用五爪），乃有龍袍、蟒袍之別。

清代皇室更以漢族習慣為主，以龍為祖先，為真龍天子的合法地位，皇室一切用品皆有龍徽。清朝旗及郵票都有龍。龍之圖騰及「龍的傳人」定了下來。

1878 年印製的大龍郵票

大清龍旗設計樣式是「黃底藍龍戲紅珠圖」。

一曲《龍的傳人》，反映人們普遍相信，「中國人祖先是尊貴的」。其實誤導。

龍加鳳

龍加鳳，瓦面上裝飾——明清之後，皇室因定了龍的尊貴性，只可用於皇帝。鳳亦與龍同等級，成為女性至高的象徵。民間可用作裝飾（不能僭越），這是中國難能可貴之生活習慣。

龍生九子

據説：「龍生九子不成龍。」九之意，多也。所載之書如李東陽《懷麓堂集》、楊慎《升庵集》等，兩者記載不同，所選龍子不同。下引用李版。

囚牛（老大）——性情溫順，喜音樂，珍貴的胡琴頭部多刻有囚牛的形象，稱為「龍頭胡琴」。

睚眥（粵音：涯寨）（老二）——豹首龍身，一對怒目，雙角向後緊貼。性情剛烈火爆，好勇、好殺、多刻於利器、吞口（劍柄上）、盾牌上，起威懾之用。成語「睚眥必報」，對別人瞪一瞪眼，為卑視之辱，得要報仇。

龍頭琴上的囚牛

嘲風（老三）——好涉險，又好望，立於屋頂角上，樣子像狗。象徵美觀、吉祥和威嚴，具有清除災禍、威懾妖魔的含義。古建築的垂脊翘角每飾有走獸行列，領頭的是「仙人騎鳳」，其後的蹲龍就是嘲風，然後依次是鳳、獅子、天馬、海馬、狻猊、押魚、獬豸、鬥牛、和行什。它們的安放有嚴格的等級制度，只有北京故宮的太和殿才能十樣俱全，次要的殿堂則要相應減少。

蒲牢（老四）——形狀像龍，但比龍小。喜音樂和鳴叫，刻於鐘鈕上。據説蒲牢生活在海邊，最怕鯨魚。遇鯨襲擊即大叫不已。人們就將其形象置於鐘上，把撞鐘的長木雕成鯨魚，以長木撞鐘，求其聲大而亮。

狻猊（粵音：孫危）（老五）——又稱金猊、靈猊，形狀像獅。狻猊本是獅子的別名（中國不產獅子，從印度、西域等地傳來的）。

寺廟看守，喜坐及煙火，乃傳統守衛大門的門獅。為佛祖（外號正是獅子）座席，常雕於香爐足，以享用香火。另也是文殊菩薩的坐騎，五台山上的五爺廟（此名乃因其為龍的五子）即為供奉狻猊的廟宇。明清的石獅或銅獅項圈中間的龍形裝飾物，多是狻猊的形象。

一臉溫和的狻猊

贔屭（粵音：閉翳）（老六）——又名霸下，模樣似龜，又稱石龜，象徵長壽吉祥，好背重。相傳常背起三山五嶽來興風作浪，終被夏禹收服。治水成功後，夏禹讓牠背起自己的功績，故石碑下常見牠的蹤影。贔屭和龜乍看相像，但贔屭有一排牙齒，龜沒有；二者背甲片的形狀和數目也不同。贔屭，廣州話：內心不安也。

狴犴（粵音：弊岸）（老七）——又名憲章，樣子像虎。能明是非，主持正義，多安在衙門大堂兩側、官員出巡「迴避」的牌上；亦有鑄於監獄門上，即民間俗稱「虎頭牢」。

碑下贔屭

負屓（粵音：負嗌）（老八）——龍形，好文，不喜武功，學識豐富，盤繞在碑文之上或兩側。

螭（粵音：癡）吻（老九）——又名鴟尾，好吞，似魚的龍（一說是無尾蜥蜴），於佛經中乃雨神座下，有滅火能力。喜眺望，多立於殿脊，起消災滅火的功效。日本古建築也有。

以上九子乃李版說法，其他版本則有饕餮、蚣蝮、椒圖、麒麟、吼、貔貅（天祿、辟邪）、夔等獸。

殿脊上的螭吻

石碑上的負屓

饕餮（見四凶）——羊身人面，眼在腋下，虎齒人手。

蚣蝮——又名趴蝮（粵音：扒福），避水獸，似魚非魚，善泳，曾被壓在龜背下千年，治水有功。今多飾於石橋欄杆頂端，寓意四方平安。故宮可見。

椒圖——形似螺蚌，好閉口，性情溫順，有點自閉，對別人進其巢穴反感，人們常將其形象雕在大門的鋪首或門板上。

蚣蝮裝飾有時全身，有時只有頭。

鋪首上的椒圖

吼——又名犼、望天吼、朝天吼、蹬龍。似犬、食人。具備祥、凶二獸之性格。天安門（明十三陵也有）前後華表上各有犼一對，一為「望帝歸」，意謂：望出巡之皇帝早日回朝。二為「望帝出」，望帝臨民間視察。另傳犼乃龍之敵，「一犼打鬥三龍二蛟」。亦有說為龍王之子，喜守望。亦說：乃麒麟祖先。

北京動物園暢觀樓前的銅犼

夔（粵音：攜）——似牛，青黑，無角，單腿。據神話，身上閃動光芒，聲如雷。多見於西周青銅器，捲尾、張口。長江三峽入口處有「夔」大字。

傳説黃帝殺夔後以牠的皮製成戰鼓

龍子的意義

這些傳説都表明龍的偉大，但子女不一定繼承其能力，否定了虎父無犬子，這是「反封建」的潛台詞。

其次，牠們各有所好，各有所長，代表「可以自由發展」。自由是龍的性格。

其三是用途殊異。龍初是溝通人神的媒介，自漢武帝始，變作一種貴族的象徵。龍的九子（或其他傳説）各有專長，用於人類生活用品上，便具有服務人類的責任和功能了，這超越了純粹圖騰之作用，乃龍將服務人類責任交予子孫之證明。

我認為：自由，乃我們祖先尊敬龍的主因。龍九子，亦示此目的之可貴。

《山海經》及古籍上選刊的龍、蛇、蟲

九嬰——暴獸。傳說為居於凶水中的九頭蛇，鳥翼而蛇行。聲如嬰孩，能噴出水火，吃人，九頭齊吃。

化蛇——人面豺身，有翼，蛇行，聲如嬰，又像婦人叱罵，發聲則洪水大發。

能引來洪水的化蛇

乖龍——妖龍。苦於行雨，遂四處逃逸，躲在人身、大木中、樓台內。最後入了牛角。被收服後，進了雷神部，為人間降雨解旱。

委蛇——人首蛇身，身大如車輪，長如車轅。心懷稱霸者拜之，得天下。

擔生——引起水災的妖蛇。噬人，四十年後成大蟒，認出當初收養自己的救命恩人，不噬，後恩人下獄，擔生陷一縣為湖救之。

肥遺——太華山凶險，只居一蛇。六腳有翼，出現則天下大旱。

禺彊——《大荒經》：北極之神名禺彊。中國之海神、風神、瘟神。傳為黃帝玄孫，颳風成瘟。

六腳四翼的肥遺，與前述一頭兩身的肥遺重名。

馬絆蛇——巨大如龍。吃人，留惡臭。

蛇媚——又稱蛇魅。迷惑人的蛇妖，（男）人可以被迷，動物也被迷。（西方動畫、印度神怪片中，妖蛇也迷惑人）

喚人蛇——能人語。詢問過路人，如答，則吃掉。

豬婆龍——生於江南，常出水面捕鴨鵝，興風作浪。

黃龍——最著名出現的地方乃北京九龍壁上。傳説乃黃帝、大禹化身。乘黃龍飛升。

赤龍——傳説劉邦乃赤龍之子。此是愚民之「皇權龍賜説」。

蜃——海市蜃樓便是這種蟲，狀似大蠔、大蛤或水龍。神物，能噴妖霧，可變出幻影。據稱新疆及埃及曾出現。《說文解字》：「雉人海化為蜃。」雉，野雞，到了海中化成蜃。所吐氣息在氤氳中成了樓閣。（現代科學已解釋清楚了）《三才圖會》：有蜃龍，鹿角、赤鬃毛、土色鱗，口中噓出氣成幻影。

造型有時像蛤、有時似龍的蜃。

鉤蛇——又名鈎蛇。長廿米，尾分叉，尾勾人或動物，入水吃之。

鳴蛇——大如蛇，四翼，發出磬磬之音。

蝮蟲——又叫腹蛇，別名很多，多稱虺（粵音：灰）。非常之毒，咬人必死。

豬豚蛇——叫聲如豕，襲人、吃人，可用法術收服。

鳴蛇象徵旱災

鼻上有針的蝮蟲

應龍——《山海經．大荒西經》：「大荒東北隅中，有山君曰凶犁土丘，應龍處南極，殺蚩尤與夸父不得復上，故下數旱，旱而謂應龍之狀，乃得大雨。」神話說：當年黃帝大戰蚩尤，敗於風伯雨師，後請應龍助陣，大戰不分高下，女魃來參戰，卒勝。但兩者元氣大傷，「旱魃」返北，故北旱；應龍返南，故南潮。後應龍再助大禹治水。

《淮南子》記載應龍為鳳凰、麒麟先祖。

驪龍——黑色龍，下巴有「千金之珠」，平日深藏。《莊子·列禦寇》：「夫千金之珠，必在九重之淵而驪龍頷下。」

應聲蟲——日、中傳說皆有此妖，有云：「宿主有話，肚子反應聲音附和。」唐洛陽有人患此病難治，後道士教誦《本草》，服藍扳汁、嘔出二寸肉塊。其實並無此蟲，故事只諷刺盲目應聲追隨者耳。

龍海龍王——東西南北海都有「龍王」，有名有姓，管理「海底龍宮」，有蝦兵蟹將、海底大軍追隨。都是道教產物。海洋需要管理，由人格化之龍王執行，從佛教中取來「龍」（水中之王）治之。《西遊記》中龍王竟然被大聖爺打敗、取去「定海神針」成金剛棒。此龍非傳統上的龍也。

龍海龍王出巡

魚龍——中國傳說鯉魚躍過龍門山即化成龍。又有：「金鱗豈是池中物、一遇風雨便化龍。」

龍馬——古代駿馬，傳：龍馬背《河圖》而出。贈伏羲，乃成八卦。

九尾（頭）蛇——體形巨大，有九條尾或頭，可發射毒液，中者必死。

修蛇——成語有「人心不足蛇吞象」，此種幻想中放大的蛇，

龍馬負圖出河

原出《山海經》的修蛇，亦稱巴蛇，可吞象。形容人心之貪，其大無比，無論如何不能滿足。

修蛇吞象

騰蛇——又作螣蛇，能飛行。（乘雲駕霧）有說是玄武分身，五方神獸，居中，喜黃色。相學中有「騰蛇入口」，表示有不祥之紋在口邊，乃餓死之相。

騰蛇是北方玄天室宿下十一星官之一，掌二十二星。

蛇吞尾——見 Ouroboros 銜尾蛇條。

天王龍神（Baki Soro）——又名舒魯，乃台灣苗栗縣賽夏民族之雷神、火神。本身是蛇神，升格為龍。苗栗縣賽夏五福龍神宮為其廟宇。

蛇化龍傳説——五百年修煉成蛟，蛟千年化為角龍（白龍馬就是這一類），角龍再修煉千年才能化為應龍。應龍是可以與燭龍、青龍相提並論的真龍，是比白龍馬還要高等級的龍，由此可見這成龍之路上，不知有多少蛇死於半路。

總括而言，蛇在東方文化中有好、有壞，未必全是邪惡。例如曾位處西藏的古格王朝國畫便有人物下身是蛇，無貶義。再如蜕皮（重生）是好的；有毒、陰險者則是壞的。

《山海經》及其他東方古籍內刊之禽類

金烏（包括三足金烏）——鴉雀蹲在紅日中，稱金烏（太陽別稱）。西王母侍臣。居扶桑樹上，輪更為西王母或伏羲氏駕車。日本、韓國古代亦有太陽及三足烏的神話。

傳說駕御日車的金烏壁畫

比翼鳥——在天願作比翼鳥。以牠們一起行動表示親密不分離。古雅名：鶼鶼、蠻蠻。居於南方，不比翼不飛。此鳥只有一目、一翼，須一對才能飛翔。

比翼鳥即是成語「鶼鰈情深」中的鶼。

朱雀——入「四象」之一，朱色的鳥，全身是火，代表南方。不同於鳳凰。

重明鳥——神鳥。有兩個瞳仁（雙睛鳥），聲音如鳳凰，拍打羽毛起舞。有降服邪妖之能力。

鵸䳜（粵音：乎奚）——招戰事之怪鳥，多管閒事。《山海經．西山經》：有鳥焉，名曰鵸䳜，其名自叫也，見則有兵。

出現必致戰禍的鵸䳜

鬼車——長有九個頭（九代表多），又叫九頭鳥。專吸人精氣。原有十頭，被狗咬去一頭，其血有災。

商羊——《孔子家語·辯政》：齊有一足之鳥，飛集於公朝下，止於殿前，展翅而跳。齊侯大怪之，使使聘魯問孔子，孔子曰：此鳥名曰「商羊」，水祥也。昔童兒有屈其一腳，振訊兩眉而跳，且謠曰：「天將大雨，商羊鼓舞，今齊有之，其應至矣。」急告民趨治溝渠，修堤防，將有大水為災，頃之大霖雨，水溢泛諸國，傷害民人，唯齊有備，不敗。

傳説原型為九鳳的鬼車

梟鳥——喻惡人、逆子。不孝的人稱此名。

畢方——《山海經．西山經》：有鳥焉，其狀如鶴，一足，赤文青質而白喙，名曰畢方，其鳴自叫也，見則其邑有訛火。

大火之兆的畢方

黃雀——有云「螳螂捕蟬，黃雀在後」。傳說中果有黃雀？這是神話裏王母娘娘的使者，一如耶教上帝有祂的使者——天使供使用。傳說：一隻黃鳥蒙人求助，銜環以報。

精衛——《三才圖會》中有。傳說乃人的魂魄化成。炎帝之女名女娃，溺死，化作白嘴赤足之鳥，每天運送石木草等來填東海，大有愚公移山的悲壯。今人汪精衛以此鳥為名，以示他改革中國的決心。

鳳——有形容婚禮中的男人，有比喻帝王或其儀仗，有形容首飾，中國稱之為靈鳥。雌：凰；雄：鳳。凰有百鳥之王意。鳳，古代祭師喻：通神

精衛填海的故事很有名

完美之神鳥。代表聖人。與Phoenix無關（見下文），看文字形容：「鴻前麟後，蛇頸魚尾，鸛顙鴛腮，龍文（龜身）虎背，燕頷雞喙，五色備舉。出於東方君子之國，翺翔四海之外，過昆侖，飲砥柱，濯羽弱水，暮宿風穴。見則天下大安。」──《山海經》：北極天生有神，名曰九鳳。神物，來儀之時，必逢盛世。

鴆（粵音：朕）──著名毒鳥。凡有毒的蛇蟲、毒物都是牠的美食。羽毛也有毒，採之製成毒藥，服之必死，古代帝皇多作賜死之用。成語「飲鴆止渴」，指用錯誤方法解決困難，不理會嚴重後果。

「鴆」為毒藥雅稱。

橐𩇯——《山海經．西山經》：有鳥焉，其狀如梟，人面而一足，曰橐𩇯，冬見夏蟄，服之不畏雷。

傳說將橐𩇯的羽毛藏於衣服中能不怕打雷

顒鳥——《山海經．南次三經》：有鳥焉，其狀如梟，人面四目有耳，其名曰顒，其名自號也。見則天下大旱。

鴸鳥——不祥怪鳥。傳說為帝堯兒子化成，凡出現政治必亂，賢德者多放逐。《山海經．南山卷一》：「有鳥焉，其狀如鴟而人手，其音如痺，其名曰鴸鳥，其各自號也。見則其縣多放士。」

人面四目的顒

鴸，傳說為帝堯被流放的兒子丹朱化成。

鸞——與鳳同類之祥鳥，其聲如鈴，視如野雞，羽毛色斑斕。

我在外雙溪大千故居中見過此鳥，謂寫生之用。全身潤黑之野雞樣子。

日本典籍《和漢三才圖會》中的鸞。

鵬——傳說天下間最大之鳥類。《莊子．逍遙遊》：「北冥有魚，其名曰鯤，鯤之大，不知其幾千里也，化而為鳥，其名曰鵬。」

玄鶴、仙鶴——鶴在中國文化裏有清高之意，仙人乘之上天。長壽，樣子高貴。有言：「千年變成蒼鶴，又千年成玄（黑）鶴。不死成精。」有成語「鶴立雞群」，又有「煮鶴焚琴」的大煞風景。

常與清高等意境相關的玄鶴

玄鳥——古代神鳥，相傳幽都山有黑水出，有玄鳥。有言「玄鳥生商」，傳說簡狄乃商祖契之母，她是帝嚳次妃，行浴時吞玄鳥蛋而生契，神話初訂帝種來於上天，超自然神力。

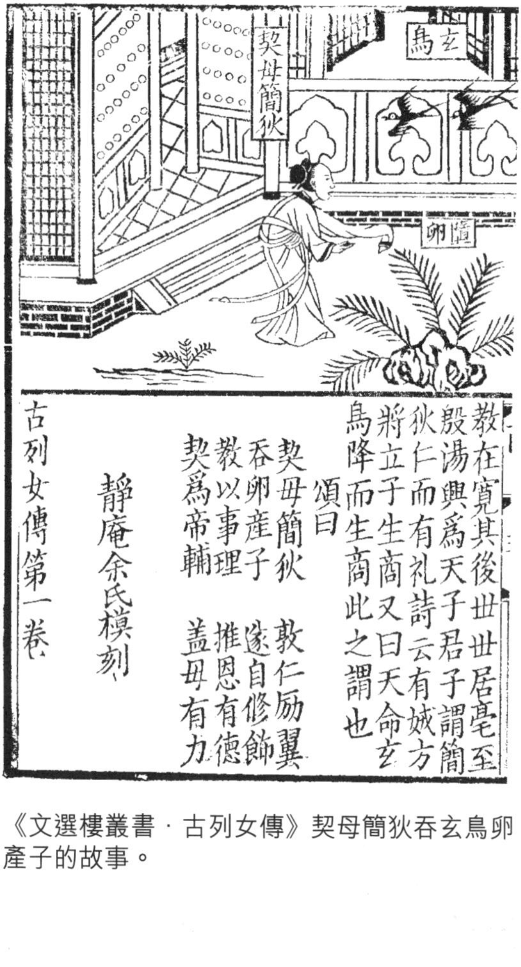

《文選樓叢書・古列女傳》契母簡狄吞玄鳥卵產子的故事。

大鵬金翅鳥——又名Garnuda迦樓羅、擢路荼，乃泰國、印度尼西亞國徽、蒙古烏蘭巴托市市徽。印度《摩訶婆羅》傳説為毘濕奴神之坐鳥。永生，以蛇為敵。佛家列入為「天龍八部」之一，佛祖坐騎，觀音護法之一。威嚴的象徵，安全、力量、莊嚴的代名詞。有人居然在香港上空見過！

印度尼西亞國徽

阿拉伯大鵬——名Roc，傳說巨鳥，可以捉起大象、成群駱駝。十五世紀人們信有此鳥，可以覆巨舟。

力大無比的阿拉伯大鵬，《馬可波羅遊記》亦有述。

《山海經》及其他東方古籍記載的怪獸

虎——中國至猛的哺乳類動物，兇猛的性格教先人崇拜又畏懼，故常在神話出現。老虎成精能阻嚇惡物，故祖先有「青龍、白虎」之蚌砌保護遺體之舉，例如濮陽西水坡遺址（左青龍右白虎蚌砌）便有保衛死者靈魂的功力。

老虎常擔當保衛者的角色，1895 年曇花一現的台灣民主國國旗便以虎為題，此旗分正反兩面，象徵日夜護國。

（見前述「四靈」處）白，表示老，亦表示變種，凡「白色」之動物，如白狐、白犀等都被認為有超自然能力，白虎也一樣。古代四處有虎，遠在香港亦曾有華南虎蹤。古典小說有打虎英雄，如周處、武松等，以打虎襯托英雄形象。很多民間手藝以虎為記，表示吉祥。以虎示吉的成語有：虎虎生風、龍騰虎躍、臥虎藏龍等。

白澤——神話中的幻獸，獅子身姿，雪白，兩角，山羊鬚。能人語，通萬物之情。（隨聖人而來）能辟邪妖，知全部妖怪名字及樣貌，並將之寫成《白澤圖》，凡說出妖名即可制服之。（猶太教驅魔也同一

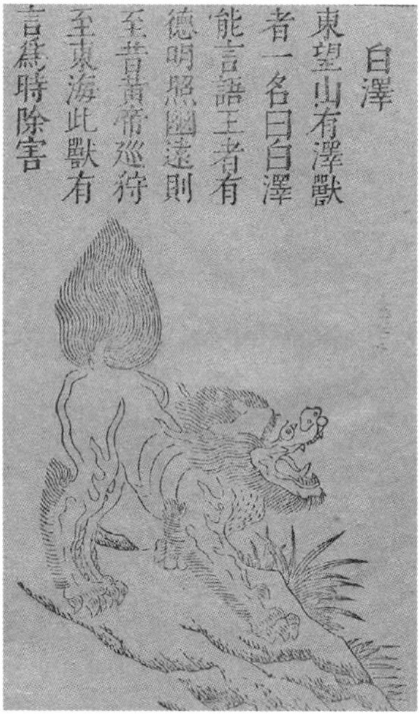

妖怪知識淵博的白澤

法）《白澤圖》今失傳。

彭侯——木精。《本草綱目》：「按《白澤圖》云：木之精名曰彭侯，狀如黑狗，無尾，可烹食。千歲之木有精曰賈，狀如豚，食之味如狗。《搜神記》云：吳時敬叔伐大樟樹血出，中有物，人面狗身。敬叔云：此名彭侯。乃烹而食之，味如狗也。」

龜——龍九子之一（贔屭，見龍九子），有龍龜，奇獸，北帝之象。有吉祥、長壽之意。

龜蛇（玄武）——道教大神北方真武玄天上帝（上帝非耶教獨有），即北帝，主黑色，故譯黑帝。象徵是龜蛇合體，水神，道教信仰能伏魔止水患，亦是戰神。港人本靠海生，故海邊多建北帝廟，保佑漁民平安。

麒麟——（有說龍九子之一，有謂「四靈（龍鳳龜麟）之一」）瑞獸，現身表示大人（才德兼備者）出，惟五百年才出現一次。古代皇帝都自認成聖，拍馬者獻上「麒麟」，作為聖君出現證據。今見圖，原來是當年國人未見過的長頸鹿，實欺騙國君也。傳說：「有蹄不踏，有額不抵，有角不獨，品怡良善。」麒麟在中國文化及習俗裏成了榜樣，更有世系表產生，如《淮南子》：「毛犢生應龍，應龍生建馬，建馬生麒麟。」亦象徵好兒子，即「麟兒」由來。麟之子，喻子多，因農業社會人力資源須補充。另有云：麒為雄、麟為雌。頂上有角，不同其他獸者，其角為肉角。香港除舞龍外尚有舞麒麟，象徵吉祥、豐收、太平。

《古今圖書集成．禽蟲典》的麒麟。

鄭和下西洋時榜葛剌國使者曾進貢「麒麟」，實為長頸鹿。

天祿、貔貅、辟邪——此等幻獸，異名而已。特點在於有口吞食，沒有肛門，不能排出。是故受世俗掙錢的人歡迎，尤偏門開賭人士。《漢書・西域傳》：又叫「桃拔」，一曰「符拔」，似鹿長尾，獨角者稱天祿，雙角稱辟邪，又叫貔貅。俗世人喜歡「有入無出」，天下間豈有此便宜？只存於精怪，是良好願望。有說：「貔為雄、貅為雌。」

上海博物館辟邪像

九尾狐可說是相當有名的妖怪了

九尾狐——《山海經·南山經》的老狐狸：「青丘之山，有獸焉，其狀如狐而九尾。」另有謂：「有四足九尾，叫聲若嬰孩，能噴火。」以前本是祥獸，優點不忘本。現借用為勾引男性之女人，出於《封神榜》的蘇妲己傳說。

狐狸精——既有無可匹敵的美貌，又有神秘的身世，成為人又愛又恨的精怪。俗語表示女性有迷惑男性的魅力。人們認為狐狸長有一對能勾引別種動物的眼睛，引申成吸引、勾引男性的能力；再引申成可變美女的精怪，勾引男人而後害之。這種傳說，令號稱有狐狸精的殺人案件不斷出現。例如多年前傳說香港銅鑼灣皇室堡內某酒樓，客置滿月酒，未及邀請當地狐狸精，當夜嬰孩被害死，並在皇室堡樓下大理石上現「真容」。當年轟動香港！今言已被收服，藏於黃霑家木觀音像中云云。

中國人魚——傳說為盧亭人（一種半人半魚生物，據為東晉民變首領盧循之後），在大嶼山居住。女人魚還可化身人類，下嫁本地人並誕下兒子。但《山海經》及古籍記述之人魚並非如此，謂之鮫人，無西方「小人魚」漂亮。現在發現的所謂人魚是海中的儒艮，乃一類海哺乳類動物。日本亦有人魚記載，受西方影響，曾以猴子頭骨及魚類下身製造「假人魚」骸骨開展覽會漁利！

與鮫人同為人面魚身的氐人國

河童——日本傳説怪物。鳥喙、蛙腳、猴身、龜背。弱點在頭頂，碟形的囟無水便失靈。多毛，眼發光，嗅覺很好，尖牙，肢長，力大，有三個肛門。吃人。有假做之木乃伊。

獅子——中國古代沒有獅子，皆由印度或西域傳入。能戰老虎，成百獸之王。今在門口陳列石或銅製獅子雌雄一對，以嚇怕邪妖。武官門前置獅一對，增加聲威。港滙豐銀行銅獅全是雄性，乃紀念前高層人

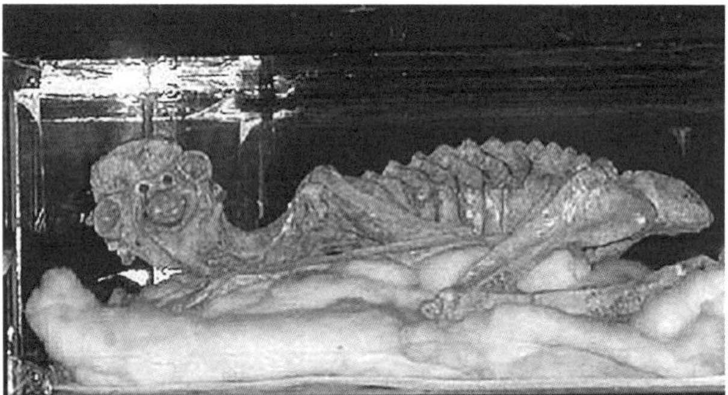

日本的河童木乃伊

員。

另邊廂，日本加賀地區製作造型獨特的獅子，有威儀嚇妖之用，亦能娛人，祭典便常有獅子舞表演。

引自金澤市官網的加賀獅子舞用具

貘——凶獸，似熊，黃黑色，鼻如象，牛尾虎足。嚼鐵如泥，可辟邪妖，唐時已有很多以貘為主題的用具。日本也有貘，為吞食噩夢的怪獸。

開明獸——似大老虎。九頭，皆有人臉。分掌昆侖山九座門，是守護神。

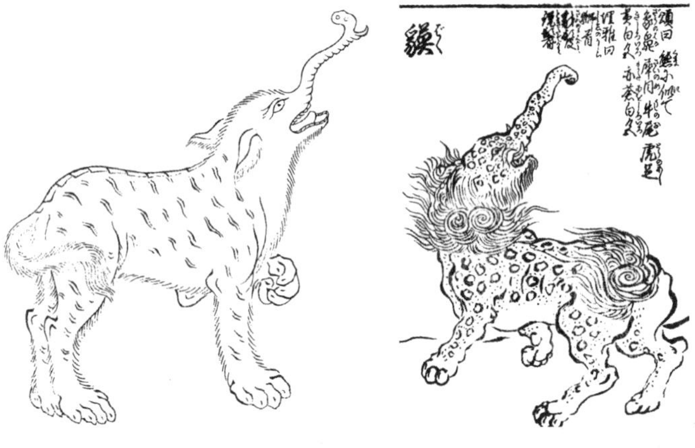

中國貘（左）VS 日本貘（右）。

開明獸在《山海經》是昆侖山守門神，在《竹書紀年》則是服侍西王母的靈獸。

甪（粵音：六；不同於「用」）端——又名角端，中國古代獨角獸，日行一萬八千里，似鹿，曉人語，祥獸。宋代皇室捧之，立於神道。

造型上與麒麟相像的甪端

兕（粵音：自）——瑞獸，獨角，蒼黑，只在盛世出現。《山海經．海內南經》：兕在舜葬東，湘水南，其狀如牛，蒼黑，一角。

兕在《西遊記》中成為太上老君的坐騎。

猙——《山海經・西山經》：有獸焉，其狀如赤豹，五尾一角，其音擊石，名曰猙。中國獨角獸之一。

此獸雄為猙，雌為獰。

青蚨——古時金錢象徵。傳說中的蟲，亦叫魚伯。據說其形似蟬、蝶但稍大。須附於葉上產卵，卵的大小和蠶卵相似。無論將子青蚨放於何處，母青蚨都能找到。古代有「青蚨還錢」說。漢《淮南萬畢術》記載：「以其子母各等，置甕中，埋東行陰垣下，三日後開之，即相從。以母血塗八十一錢，亦以子血塗八十一錢，以其錢更互市，置子用母，置母用子，錢皆自還。」意即將青蚨母子的血各塗於錢上，不管用母錢或子錢都一定會飛回來，如此便能用之不竭。

諦聽——即地聽。專門聽取四方有關皇帝的壞話。有了這種神獸在偷聽，老百姓不敢罵皇帝了。開封龍亭大殿四角即刻有這些諦聽。

能憑雙耳辨認萬物、善聽人心的諦聽。

鎮墓獸——都是造型非常古怪及恐怖的樣子，用來恐嚇前來騷擾的鬼妖。唐朝的墓前多有此獸。猜不到城市大學校門前亦置有鎮墓獸，視此為「墓」！

「年」——有說本是一怪獸，其貌兇狠，吃人，人皆畏懼。但牠怕紅色、響聲。每次到十二月尾便來人間，人們備了美食、爆竹、紅色的東西「招呼」牠。年獸卒之被人馴服。然而「招呼」儀式依舊，我們仍很熱烈地迎新「年」。

屬干支的獸類

干支紀年的由來，眾說紛紜。《史記》：「黃帝建造甲子以命歲。」有說來自佛經神獸，有說來自北方游牧民族，有說（郭沫若）來自漢仿古巴比倫十二宮。

子鼠

火鼠——又稱火光鼠。《太平御覽》：「日南北景縣有火鼠，取其皮毛做布，可得火浣布。」

飛鼠——《山海經．北次三經》：「天池之山，其上無草木，多文石。有獸焉，其狀如兔而鼠首，以其背飛，其名曰飛鼠。」

以背毛飛翔的飛鼠

耳鼠——《山海經．北山經》：「有獸焉，其狀如鼠，而菟首麋身，其音如獋犬，以其尾飛，名曰耳鼠，食之不睬（腹腫），可以禁百毒。

以尾飛行的耳鼠

奚鼠——《神異經》：「北方有層冰萬里，厚百丈，有奚鼠在冰下土中。食草木根，肉重萬斤。」

鐵鼠——又名賴豪鼠，日妖（出於《百鬼夜行》），高僧賴豪阿哲梨所化。民間認為鐵鼠是招財的妖怪，「家有一鼠如有一寶」。

蝠鼠——又名蝙蝠。外形像鼠，東方與西方評價相反。國人讚：蝠如福，有福便好了。五福臨門是上佳好事。蝙蝠糞

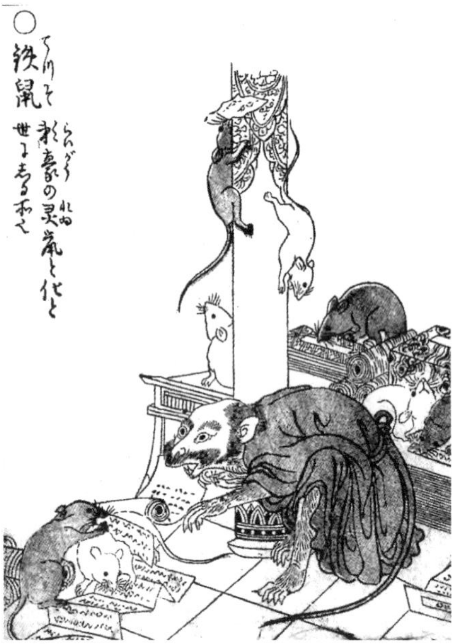

為高僧所化，故穿着僧衣的鐵鼠。

便更是美名為「夜明沙」的中藥，能治夜盲症（因為蝙蝠在夜間活動）。故此對蝙蝠特別愛護，飛入家中更歡迎。在西方，蝙蝠則與黑夜有關，成為神秘而邪惡的生物，加上受耶教影響，魔鬼有對蝙蝠翼，撒旦（吸血鬼）可變形成蝙蝠吸取人血。見之極恨，視為魔鬼化身。今又說：吃蝙蝠而得了新冠肺炎，更加恨此獸。

野衾（日蝠）——

日本精怪，《今昔畫圖續百鬼．下篇．明》指「野衾」像鼯鼠或蝙蝠，有四條小腿，會蒙住人的眼睛和嘴，吸食人血。

野衾來源有二，一說是被稱為「野鐵炮」的貍

傳説野衾會在夜晚跳下撲滅火焰

或貛放牠出來的。另一說乃一名僧人以雙修為藉口，欺騙年幼女性發生性關係後再殺害之，幼女死後因怨氣太重而變成野衾。有很多人覺得，野衾只是鼯鼠而已。

丑牛

驢鼠——《搜神記》載：有一物，大如水牛，灰色，腳類象，胸前尾上皆白，大力而遲鈍。傳為蘭亭驢山之使者。

寅虎

騶虞——《山海經．海內北經》：「林氏國有珍獸，大若虎，五彩畢具，尾長於身，名曰騶（粵音：周）虞，乘之日行千里。」

明《內府騶虞圖》，傳說騶虞是不食活物的仁獸。

卯兔

訛獸——漢東方朔《神異經》：「西南荒中出訛獸，其狀若菟，人面能言，常欺人，言東而西，言惡而善。其肉美，食之，言不真矣。」

辰龍

上文已述。

巳蛇

上文已述。

午馬

駮——《山海經．西山經》：中曲之山，有獸焉。其狀如馬，白身黑尾，一角，虎牙爪，音如鼓音。其名曰駮，可食虎豹，可以

駮
狀如馬而白身黑尾一角虎牙爪音如鼓音
是食虎豹出中曲山

駮算是古代少見不吃人而吃虎豹的怪獸

禦兵。（國產獨角獸）

未羊

羬（粵音：咸）——《山海經．西山經》記載：「西山華山之首，曰錢來之山。其上多松，其下多洗石。有獸焉，其狀如羊而馬尾，名曰羬。其脂可以已臘。」

辛猴

無支祁——唐朝已有傳說，是一隻很頑皮的猴子，相傳為夏禹收服於軍山。有謂是大聖爺的原型，亦有說悟空形象是印度神猴加無支祁而成的。

齊天大聖孫悟空——有說從印度神猴哈里曼借用過來，有說源於中土的無支祁。《西遊記》中的猴子精，神話人物，武功高強，首十回已打天宮、地府、海底龍宮，將全部仙家都玩過，獨逃不過佛祖五指山。具膽敢造反的勇氣。再為護送唐僧上西域取經而成長。在此意義上，並非印度神猴哈里曼之轉化。吳承恩之人物創造確生動有力，從哪裏來並不重要。

哈奴曼——又名哈努曼、哈魯曼。印度婆羅門史詩中助王子羅摩打敗魔王羅波那（Ravana）之神猴，四面八手，成為幫助人類的動物化身，進一步表達人類為世界中心的想法。助王子。有人舉證牠是孫悟空的原型。

印度教神話的神猴，《西遊記》作者不知有否讀過印度教的故事？

西雞

䳋鵂（粵音：廠付）——《山海經．南次一經》：有鳥焉，如雞而三首，六目、六足、三翼，其名曰䳋鵂。食之無卧（不想睡）。

三頭怪鳥䳋鵂，可說是強效提神劑。

戌狗

天狗——中國傳説太陽或月亮被天狗吃了，人們鳴鑼逐之。另神話：嫦娥偷了后羿靈藥，羿之犬黑耳吠之，吃了餘下之藥，狂吞月亮與嫦娥，後受封守護南天門，才吐出月亮。

日本也有天狗傳説。相傳紅鼻紅臉，高，具怪力神通，「神隱」便是被天狗拐走。現仍有人拜天狗神。很多廟宇有天狗供奉。

中國天狗最初是禦凶的吉獸

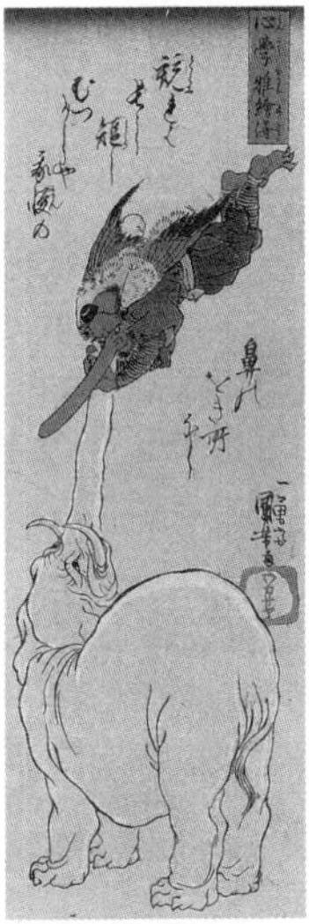

歌川國芳筆下的天狗，
紅臉長鼻是特色。

亥豬

豬八戒——《西遊記》中，原是天蓬元帥豬精被貶為凡人，胎入朱家，被孫悟空收服，一同隨唐僧赴西天取經。豬八戒好淫，天性不改，屢受誘惑。今拜豬八戒者多娼妓，牠成為行業保護神，保生意。

總括而言，中華文化的傳說圍繞龍、蛇的較多，而這不單單是中華文化，世界各地文化都充滿龍、大蛇的神話傳說，茲選亞洲地區介紹：

亞洲地區傳說的龍、大蛇

日本——龍是三爪的，混雜了其他宗教的傳說，非中國傳統「龍」的形象及身份。蛇則以八岐大蛇最有名。此乃極惡之蛇，有着八個頭、八條尾巴，身軀巨大如八座山峰，眼睛鮮紅，背部長滿青苔和樹木，腹部流着鮮血，潰爛似的，頭頂上常常飄着雨雲（天叢雲）。非常喜歡喝酒、易醉。素戔嗚尊（英雄）應老人之邀，救出幼女免被大蛇所害，灌醉大蛇趁機殺之，最後得天叢寶劍及妻子。

素戔嗚尊消滅八岐大蛇的浮世繪，月岡芳年畫。

朝鮮——龍只能四爪，是中國之藩國，不能僭越。也是高麗國天子的化身。

越南——文化上龍是靈之首（龍、麒麟、龜、鳳）。權力、高貴、威武的象徵。由鱷及蛇等動物形象集合而成。越南皇朝時代，宮殿、陵墓都刻有龍（三爪），代表天子，能戲珠、噴火。李朝「昇龍城」即河內。

波斯——即現在之伊朗。海拔高，歐亞大陸的樞紐，一度成為大國。傳說是「龍興之地」。波斯神話起源於祆教，有巨龍名Zahhak，譯阿維斯陀，惡龍，五大魔王之一，可變成人樣，殺人吃人，終被制服，困於「龍人城堡」。

土耳其——Ejderha Evren，十一世紀在回教土耳其畫出現之Dragon，傳說是擁有火炎尾巴的大蛇。形象似中國龍。

美索不達米亞——世界文化的發源地之一，兩河流域，生產不少神話，被後來的希伯來一神教、猶太教、耶教消滅，包括他們的Dragon。雖然地處亞洲，但美索不達米亞的文化對西方影響甚大，故本書會將之放於西方怪獸篇詳述。

土耳其龍，與中國龍有幾分相像。

巴比倫——古巴比倫城伊什塔爾城門的淺浮雕上描繪的怒蛇，又名木什胡什，具看守及保護的意思。集合很多猛獸形象而成。頭、頸、身皆鱗片、前足獅爪、後足鷹足、頭上有角，吐信。頸及尾細長，尾有蠍子針。不似Dragon，惟古巴比倫人仍視之為Dragon。

印度——Naga，又名神龍、蛇龍、那伽。雌性名那姬尼。藏傳佛教稱為魯龍。

婆羅門教、印度教中，Naga

古巴比倫城伊什塔爾城門上的怒蛇，從公元前六世紀起已在。

本是大蛇，印度眼鏡蛇。受人敬畏而成神。吳哥窟中古物乃 Naga（印度教）之七頭形象。（具多頭，單數）「搗攪乳海」神話中，纏繞須彌山者正是牠。各處廟宇必有 Naga。這是好獸，並不為害，是雨神、水的保護神。

佛教中 Naga 被收為佛祖左右護法，「天龍八部」之一。大鵬金翅鳥之死敵，此鳥吃了大蛇後中毒而死。

道教將 Naga 收入神譜，成了「海龍王」，職級比較低下，被大聖爺收服。（道教中佛教龍王娑竭羅成為「華籍東海龍王」。）

從印度文化至道家、民間信仰，龍一直被收編及貶低地位。這是一種對中國龍稀釋身份的做法。然而，漢族人仍然自視為「龍的傳人」，乃自我肯定高貴的方法。對龍之品格，必須有正確認識，表現出高尚華麗威武及愛自由之一面。

東方龍的感想

東方尤其中國，傳說黃帝戰勝蚩尤後，提升了龍的尊貴性，將君權神授具體化為「龍種」，天子為龍化身，龍成為國家代言人。故此，歷代藝術品都重於誇大龍的兇猛、威儀性。將本來的性質「天人橋樑」毀滅或淡化。明清之後，皇室更取龍之姿態、顏色等專利化。民國以來，皇帝思想仍在，「龍的傳人」即此殘餘。

耶教之Dragon是西方Dragon大部份來源，代表邪惡，下文有述。

世界上（東方）真有龍嗎？

營口的「龍」——營口在東北，鞍山市西北。

一九三四年，《盛京時報》七月二十八日刊有一條「龍」從天而降，造成災禍，九人死，火車翻。八月八日發現一排奇怪動物的骨骼。之後，此事記於《營口龍之謎》一書（二〇〇四），並有央視錄製之視頻。看過該屍體的人認為：這是龍。展覽時亦有稱之為「天降龍」、「營川墜龍」等等描述。

可是，事隔八十多年，未有新龍出現，究竟牠躲在甚麼地方？

如果有龍，牠為何如此神祕？究竟怎解釋？

1934 年遼寧營口市的墜龍事件

西方怪獸

西洋龍 Dragon

本質上與東方的龍完全不同，故採用西方 Dragon 原字。公元前三千年已在美索不達米亞 Mesopotamia 存在。

東方龍基本是上獸，最早負責溝通人與天（至高之力量），逐漸發展成漢族圖騰（不是中國圖騰），成了帝皇唯一專用的象徵。

西方 Dragon 最早是幻獸，負責看守貴重財物。按耶教在歐洲的傳播，Dragon 成為惡魔（古蛇、大蛇）撒旦（魔鬼王）的替代者，是很多童話、繪圖中的奸惡象徵。繪者為 Dragon 想像出兇惡身體和面貌，加上噴火，在兒童教育中描寫成兇殘成性的魔頭。《啟示錄》更出現反基督的巴比倫大淫婦及七頭十頭之 Dragon，奠定其邪惡之極的特質。然而，在凱爾特 Cultic 文化中，Dragon，尤其是 Red Dragon 有特殊地位（紅白 Dragon 相鬥，紅勝），後成為威爾斯尊崇之獸物，在旗中置此 Red Dragon。亨利八世及子女皇旗亦有 Red Dragon。

波蘭抗納粹的屠龍海報，龍代表納粹。

西方耶教的Dragon與《創世紀》神話引述之「古蛇、大蛇」有關，傳華後誤譯為「龍」，惹出大笑話。有位友人家中存多張「龍圖案裝飾」椅子，篤信耶教者寧願毀之。有人又在龍年圍攻某商戶Mall，因其有中國龍燈飾也。真少知識。

總的來說：耶教的「大邪魔」具體化成Dragon，有其易讀易解之原因。誤區在於早年之翻譯而已。

各大洲都有「龍」、「大蛇」的傳說和神話，現選擇非亞洲龍、大蛇的傳說述之：

Apep/Apophis阿波菲斯——古埃及神，破壞混沌黑暗的化身。

Basilisk/Cocadrille雞蛇——據一世紀普林《博物誌》中記載：利比亞東部有長二十四公分，似戴皇冠之蛇（王），其他蛇類皆避

Basilisk 是眾蛇之王

之。所到之處，任何東西皆成灰。其氣甚毒！只有用鼬鼠才能殺牠。傳是雞、蛇結合。另傳，與牠視線相交會死，故可用鏡子牽絆之。

Dagon 大袞——人魚形的怪物，全身鱗片。在耶教未進入迦南前，乃迦南主神。土地及豐饒之神 Baal 之父。生性傲慢，漸成魔頭。耶教為一神教，所征服之處的神被歸入邪神之列，大袞亦由此成了「耶教的惡邪之神」。

Fafnir 法夫納——本是北歐神話中的侏儒，殺了生父，化身為 Dragon 保衛龐大珍寶，惟寶藏受到詛咒，得者必遭悲劇。

Guivre——歐洲著名大蛇，像龍，長身，有Dragon頭，有角，侵襲人類，但畏裸體，居於水濱。可噴火放毒。

Hydra賀德拉——九頭蛇，夜行。全身劇毒，斬下之頭可復生，但燒則毀。現在以其名命名於一種菌上，也是同為有毒及再生能力強的水螅之學名。

Ladon拉頓——古希臘神話中的怪獸，一百個頭，不殘忍且聽話。負責保護天王宙斯的財產金蘋果，能說各種不同聲音。

Lamia拉彌亞——古希臘神話上半身美女下半身巨蛇的妖，專吃嬰孩。傳說宙斯鍾情她，天后妒忌，下咒使她變成半人、半蛇之妖，並殺害她的孩子，使她憶子成狂，到處殺害其他嬰孩。這神話喻：妒心是可以成魔的。

海格力斯為取金蘋果，前來挑戰拉頓。Antonio Tempesta 繪。

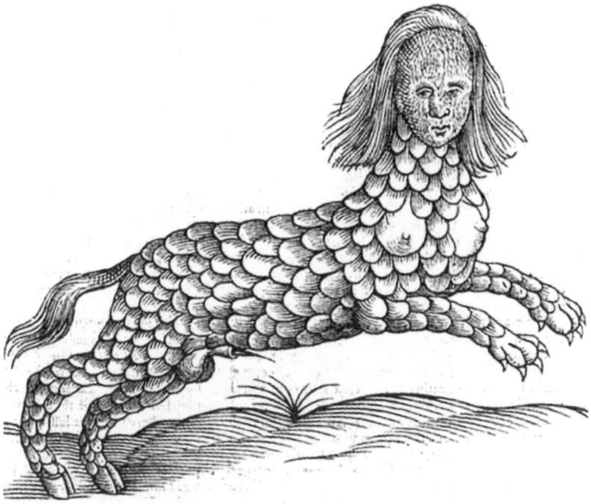

西方有不少母親以拉彌亞恫嚇孩子，好讓他們聽話。

Nessie 尼斯湖怪——旅蘇格蘭時路經尼斯湖，但不見海怪。此湖窄長，日人曾探索湖下，未搜得海怪。尼斯湖聞名天下，因有人拍下湖怪照片，早於一八八〇年已有目擊記錄了。研究人員認為此怪並非Dragon後裔，可能是哺乳類兩棲動物。是否真正的史前恐龍遺蹟，未有定論。

Ouroboros 銜尾蛇——音譯：烏洛波羅斯，古代形容是「循環」，現代表示「無限大」，煉金術中表示蛇即世界，事事循環不息。

著名的尼斯湖怪照片

17 世紀煉金術刊物中的銜尾蛇

Python 培東——又名培冬、皮同、派森。巨蟒蛇，古希臘德爾斐區巨獸。守望神示所。古希臘神話巨蛇，為阿波羅所殺，神廟亦被佔據。喻意：光明戰勝黑暗。奪取他人神殿，乃是取代信仰的一種方式。

Quetzalcoatl/Feathered Serpent 羽蛇神——中美洲文明普遍信奉的神，有極高地位，渾身披滿羽毛，主宰星辰，發明書籍和曆法。有羽蛇神的文明不少，例如公元前一千二百

阿波羅殺培東，Virgil Solis 繪。

年到前四百年的中美洲（現在墨西哥中南部）奧爾梅克文明，是已知最古老的美洲文明之一。再有阿茲特克文明，十四世紀至十六世紀墨西哥古文明，主要分佈在墨西哥中部和南部。還有瑪雅文明，乃新石器時代的叢林文明，分佈於今墨西哥東南部、薩爾瓦多、宏都拉斯、瓜地馬拉和貝里斯五個國家，與印加帝國及阿茲特克並列為美洲三大文明，藝術、天文學、數學等方面成就極高。

中美洲文明常見的羽蛇神雕刻

Rainbow Serpent 彩虹蛇——澳大利亞神話，形象源於人們對彩虹形態的幻想，認為是職掌天雨的巨大神蛇，同時具有創造世界的能力。

Sea Serpent 海蛇——北歐海上傳說，有上千年歷史，其大無比，力大可輕易覆大船。乃航海者大敵。與利維坦 Leviathan、約爾孟岡德 Jormungand 屬同類怪獸。

襲擊船隻的海蛇

Typhon 堤豐——風暴巨神。大地之母蓋亞的兒子，生了很多妖怪。有個 Dragon 頭，吐信、噴火，能人言，牛叫、獅吼、犬吠，其聲甚大！有說上身是人，下身是大蛇。體大觸天，形象強大可怕。

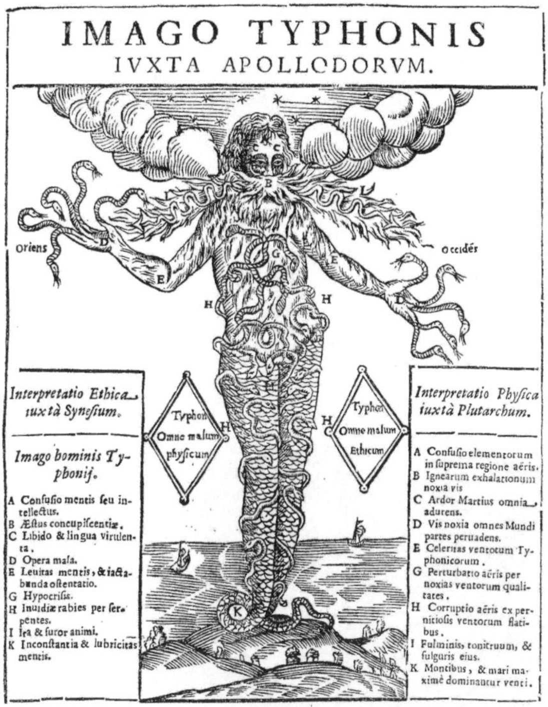

Athanasius Kircher 繪畫的堤豐，全身纏滿了蛇。

Worm 沃姆——北歐洲的Dragon。沒翅膀及四肢。負責看守財物，時傷人畜，可噴火、放毒。

Wyvern 飛龍——西方龍統稱為「Dragon」。雙足飛龍統稱為「Wyvern」：典型的前肢是翅膀，有着兩腳的翼龍。沒有腿的飛龍則稱「Amphiptere」：蛇形，有翅膀。雙足蛇身龍稱「Lindworm」：有着兩隻腳的蛇形。沒有翅膀也不會飛的龍為「Wyrm」，與「Drake」相似。

14 世紀末的 Wyvern 雕刻

Y Ddraig Goch 紅龍——亨利八世及子女用之旗號，現威爾士 Wales 旗上圖案。據說：紅白二龍在地下大戰，七歲梅林（助亞瑟王登位的傳奇魔法師）預言紅龍勝，果真如此。紅龍代表忠善品德，並為威爾士國旗之獸，代表足球隊旗亦有 Rea Dragon。

西方 Dragon 各民族都有，主要受到古希臘羅馬及耶教影響，Dragon 是看守金銀財物的猛獸。耶教則是「古蛇、大蛇，魔鬼撒旦之化身」，與上帝作對，誘惑人類。

亨利七世的盾徽，Red Dragon 代表威爾士。

Dragon也是吸血鬼Vampire，一切惡行都與牠有關。中世紀的黑暗時代，以至今日的童話世界，Dragon都是大魔頭，屠殺牠者成了大英雄。眾Dragon中只剩Red Dragon是「忠」的了，這是與中國文化「龍」的最大分別。

西方屠龍英雄譜

St. George聖佐治——英格蘭守護聖者。傳説他救了公主。公主被選中為Dragon祭品，聖佐治單騎刺死Dragon。傳是真人的歷史。聖佐治也是耶教殉道者，被羅馬迫害，受酷刑而死，後世才封聖，成為多地區主保（保護神）。現在很多耶教地區、徽章都用他屠龍（殺魔鬼）形象作為保護。

公元 303 年 4 月 23 日聖佐治殉道，後世定此日為聖佐治日。

St. Margaret 聖瑪格麗特——父親是異教牧師（pagan priest），與她斷絕關係。傳説撒旦化身為 Dragon 吞下瑪格麗特，她隨身攜帶的十字架刺穿了 Dragon 的內臟，成功逃脱。公元三〇四年遭斬首殉教。

St. Mary 聖母瑪利亞——《聖經》中耶穌的母親，天主教奉為「聖母」，為罪人代禱，是成功抵抗魔鬼的童貞女性。澳門大三巴牌坊上有「聖母踏龍頭」雕刻，意即抗拒撒旦化身之「龍」，此時未分 Dragon 與龍之不同。

St. Micheal 聖米高——又名米迦勒、彌額爾。天主指定的伊甸園守護者，《聖經》中唯一具有天使長頭銜的天使。與撒旦的七日戰爭中，米迦勒率領眾天使與巨龍 Dragon 爭戰，並將其摔於地上擊倒。故此，米迦勒多以全副盔甲、背有巨翼、腳踩 Dragon 的形

澳門大三巴的聖母伏龍雕刻，形象可見更偏向中國龍。

象出現。加拿大有醫院用此象徵，可戰勝病魔。

Beowulf 貝奧武夫——八世紀完成之敍事長詩主角。一生打過三場仗，成為人民最崇拜的英雄。事蹟始於戰勝巨龍 Dragon，惟最終中毒犧牲。巨龍 Dragon 成了後世的模型，《魔戒》中的形象也從此來。

Cadmus 卡德摩斯——古希臘神話英雄，殺死戰神所生之巨龍，埋下巨龍的牙齒，最後他自己亦變成巨龍。

Hercules 海格力斯——古希臘神話中的大力士，完成十二項任務，例如殺死九頭蛇（蛇座星群），成為佳話。

Medea 梅狄亞——古希臘女巫。為愛郎伊阿宋令惡龍昏睡，為他盗取了藥膏。後嫁給伊阿宋。

Siegfried 齊格飛——又名齊格弗里德，北歐神話《尼伯龍之歌》中的屠龍英雄，屠殺了巨龍法夫納 Fafnir。

齊格飛屠龍後沐浴龍血，獲得幾近不死之身，但背上有處黏着樹葉沒沾上龍血，該處成為齊格飛的弱點。

西方 Dragon 的象徵和意義

既然西方在盾牌、國徽等重要地方刻有 Dragon（例如教皇賜給 Dracula 德古拉先祖的出戰徽章——黑龍章），可見 Dragon 並不一定代表魔鬼。Dragon 的原型是蛇，含有傷害性，這是西方 Dragon 的原罪。我們的眼光要廣大，觀乎各文化的 Dragon，即不會被猶太教、耶教及其他一神教定性 Dragon 為惡所迷惑。

西方（除東方外）Dragon 各有各的含義，我們受英美及耶教文化影響甚大，而今該區分清「龍」、「蛇」及 Dragon、Serpent、Snake 之文化了。

西方的蛇

Asclepius 阿斯克勒庇俄斯——古希臘神話中的醫神。與中國神農氏嘗百草差不多，經常在荒山、野林考察動植物，尋訪各種藥物。醫術高超，特洛伊戰爭時曾任軍醫，受人崇拜。終惹宙斯嫉恨，死於雷擊。宙斯後來將他升為醫神，成為人類的庇護者。

手握蛇杖的醫神

Akso 阿克索——阿斯克勒庇俄斯的女兒，「健康女神」。外形為少女，手持裝有蛇的碗。主司衛生、醫藥。英文「衛生」一字來源。「衛生」乃日本本字。

Caducues——西方醫科的標識，有兩個。一個是「雙蛇纏杖」；另一個是「單蛇纏杖」。源自蘇美爾神話中的「醫神」，單蛇之杖為希臘神話中的「醫神」。傳統認為單蛇之杖才是正統的醫學標識。一項調查顯示，美國有百分之六十二專業醫療機構使用單蛇杖作為其標誌；百分之七十六商業醫療組織則用雙蛇杖。

World Health Organization

WHO 的會徽是單蛇杖

HONG KONG COLLEGE OF PHYSICIANS
香港內科醫學院
Sapientia et Humanitas

香港內科醫學院院徽選用了雙蛇杖

Echidna 艾奇德娜——又名厄客德那，人首蛇身，怪獸之母。與 Typhon 堤豐交媾之後生下地獄三頭惡犬：刻耳柏洛斯（Cerberus）、基美拉、斯芬克斯（Sphinx）。最後在入睡時被百眼巨人阿古斯所殺。

Nehushtan/Nehustan——耶教《出埃及記》中的「銅蛇」，耶和華派火蛇咬傷以色列人，再命摩西將銅蛇掛於桿上，仰望者可痊癒。耶穌也說：「你們要靈活像蛇了，馴良像鴿子。」現今的醫科標識就是蛇；藥劑科是此標識加上一盆水。可見有關蛇的觀念有好的，也有壞的。

其中一款藥劑科的標誌

Old serpent——耶教中的「古蛇」，即魔鬼王撒旦化身，引誘夏娃偷食禁果的大蛇。

The 200 Million Horsemen（兩億騎兵）——傳說中這些騎兵擁有獅子一般的頭顱和蛇一樣的尾巴，口中可以噴火、煙，還有硫磺。曾令三分之一的人類滅亡。

其他西洋怪獸

Abaddon's Locusts——地獄天使之蝗蟲，有蠍子尾巴，人面，黃金甲，專殺人。

Alchemical figure/Della transmutation metallica——中世紀歐洲流行「煉金術」，走火入魔出現的「鬼怪」。

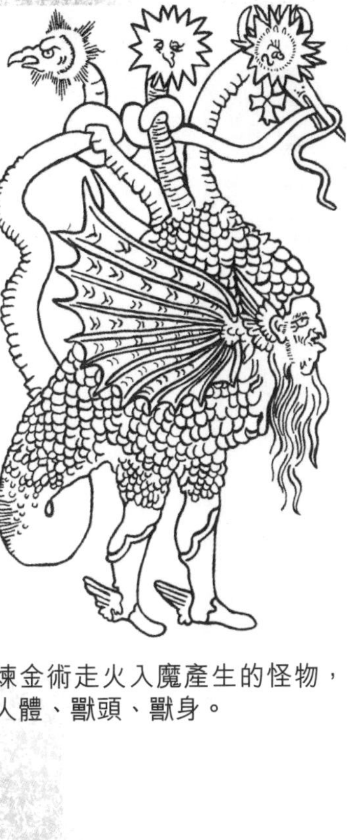

煉金術走火入魔產生的怪物，
人體、獸頭、獸身。

Antichrist 敵基督——耶教預言末世有敵基督出現。畫家透過幻想，加入多個獸頭及獸身成為怪物，令到敵基督的形象恐怖怪誕。人類製造神，也製造妖。

敵基督在藝術創作中造型各不同，此圖是 Luca Signorelli 的作品。

Anzu 安祖——蘇米爾神話，獅頭鷹身，偷走全能之神 Enlil 的命運之碑，乃善惡並存的複雜的神。

戰神 Ninurta 為了命運之碑與安祖作戰

Baromelz 植物羊——中外古代經典都有載：貌似羊，但為植物。傳説於韃靼出現。稱謂甚多，如 Vegetable lamb of Tartary 或 Tartar lamb、土生羊 Earth born sheep、斯基泰羊羔 The Scythian lamb、Chinese lycopodium、敘利亞羊羔 Syrian lamb、水羊 water sheep、植生羊 Planted sheep，這些都是古代神話傳説。

Bishop-fish 主教魚——十六世紀的海怪，貌似主教

The Vegetable Lamb

造型多樣的植物羊

穿儀服。被擒後獻給波蘭王及神職人員，乞求釋放。另有傳聞亦在一五三一年被捕，後死掉。至今未有出現。

傳説獲得釋放的主教魚消失前比了十字手勢

Bonnacon 波納孔——傳說中的怪獸。牛形，牛角內彎，馬鬣，毛色紅或黑。

Catoblepas 卡托布雷帕斯——早於《自然史》有記載：四肢不靈敏，頭特大，兇殘。目光與氣息能殺人，有認為是蛇妖。

Centaur 人頭馬——古希臘之傳說，（記載於《博物誌》）上半身是男人，腰下是馬。性情暴躁，尤其喝了酒；意味了人性在酒精麻痹後失常，易有大禍，人要量力而飲。亦有人說這不過是看見遠方騎在馬上的武士，誤會成「人馬」。

Cerberus 刻耳柏洛斯——古希臘神話中的地獄三頭狗，艾奇德娜與堤豐之子。非常兇猛，難以制服。責任是為地獄（希臘地獄，不同於耶教、佛教、祆教等冥界）看門，不許其他人進出。溫柔音樂可麻醉牠。

Orpheus 為救亡妻，邊彈奏豎琴邊走向地獄，其琴音讓 Cerberus 平靜下來。《哈利波特》曾化用這一典故。

Chimera 奇美拉——又名喀邁拉、凱美拉，古希臘神話怪獸，公元三五〇年出現於畫作，有獅身羊身混合，蠍蛇尾、噴火。艾奇德娜與堤豐之子。背上之羊形象，在此並非代表善良。

Chupacabra 卓柏卡布拉——高約兩呎，矮，牙尖、紅眼，直立行走，彈跳力極強，行動迅速。舌頭有一根尖管，可直插動物心臟吸乾血液。曾有人發現在美洲出現。

Chimera of Arezzo，意大利伊特魯里亞著名藝術品，推斷為西元前五至六世紀所製。

Daniel's Beasts——先知但以理夢中的四隻怪物。一頭是長着老鷹翅膀的獅子，隨後變成了類似人類的生物。一頭類似熊人，拚命進食新鮮肉以填飽胃口。一頭是長着四隻翅膀和四個腦袋的金錢豹。最後一頭擁有鐵一般的牙齒和十隻犄角，據說有能力毀掉整個地球。這四隻怪物被用來代表希伯來四個不同的國家，分別為Babylonia（巴比倫尼亞），Medes（米底王國），Persia（波斯）和Alexander's Greek（亞歷山大帝國）。

Gargoyle 承霤（粵音：溜）獸——歐洲教堂頂部、檐邊都有這些怪獸。（中國故宮也有龍造型的承霤）為甚麼教堂中有怪獸？有說是河中水怪，以此模樣威嚇來

巴黎聖母院的承霤獸

犯之妖邪。以巴黎聖母院至為聞名。

Geryon 革律翁——古希臘神話中巨人，本圖出自但丁《神曲》，有 Dragon 尾巴。

《神曲》中的革律翁，可見惡魔翅膀。

Griffin/Griffon/Gryphon 獅鷲——又名格里芬、鷹頭獅、獅身鷹、獅身鷹首、鷲頭飛獅、獅鳥。最早出現於巴比倫/亞述神話，後加入古希臘神話中。具獅子的強大力量、鷹的兇猛，集天上地下最厲害的獸類精華。

Martin Schongauer 繪製的獅鷲

Harpy 哈比——又名哈耳庇厄，古希臘、羅馬神話中邪惡而醜怪的半人身、下身半鳥（有鷹身）妖女。神話說：色雷斯王菲紐斯因洩露天機太多被罰，眼前美食可觸而不可食，因哈比都會快速奪走。亦有哈比為美女身體的說法。有說：代表風神。

有說哈比也是堤豐和艾奇德娜的孩子

Lamussa Winged Bull 拉瑪蘇——又名捨杜（雄性），亞述神話中的半人半獸，公牛帶翼，守衛宮殿兩旁，亞述人主神之一。

Lamussa, Assyrian-Babylonian winged lion with a human head, ancient Babylonia

據說捨杜的臉參考了亞述國名君薩爾貢二世的形象

Marchosias 馬可西亞斯——《偽以諾書》記載為翼狼，獅鷲獸的翼，蛇尾。《所羅門之鑰》中可以噴火，可變人形。亦有說為地獄侯爵，出身是權天使或主天使。

《地獄辭典》中的馬可西亞斯，正在噴火。

Mermaid 美人魚——

西方盛傳有人類（頭人、身魚）居住在海洋之中。中國亦早有此説（見上文）。西方美化成童話般美麗動人，並以動畫故事傳開。曾見丹麥海岸金屬鑄的小美人魚。有説：人魚族並不漂亮，並且襲擊人類。西方有人深信世界上有人魚族存在，有照片及遺體證明。

人魚族是世界各地恆久的藝術主題

Minotaur 米洛陶——又名彌諾陶洛斯，牛頭怪，古希臘克里特島神話中半牛半人的野獸。象徵邪惡、混沌、殺戮。牠建立一迷宮 Labyrinth，忒修斯運用智力破解，解救了被犧牲的童男女。後牛頭怪被派往地府任三位判官之一。

20 世紀初葉米諾斯宮殿出土，發現其下真有一座迷宮，引起米洛陶的迷宮是否真實存在之討論。

Monocerus——馬身、鹿頭、象腿、豬尾。黑角在額前，有一米長，難捕獲。多數形容為獨角獸。

Papal Ass 教宗驢——一幅諷刺教宗的畫，十六世紀宗教改革期間，出現不少攻擊教宗、修士的小冊子，教宗驢即為其一，此驢集各種獸類的特徵，喻意是邪物，可見其時對教宗的刻薄。

教宗驢在 16 世紀廣為傳播，不少攻擊教宗的小冊子都有差不多的形象。

Pegasus 佩加索斯——古希臘神話奇幻生物，天馬，白色、長翼，蛇女人美杜莎與海神波塞冬所生之子，英雄 Bellerophon 坐騎。代表人類高飛上天的願望，也是香港名汽油牌子。

Phoenix——中文譯做「鳳」，但與中國之「鳳」有巨大差別。古希臘觀念中，此鳥長壽，五百年從火中重生（自焚），喻意不死，又名「不死鳥」。中國之鳳（見上文）則代表美麗威儀吉祥，並非 Phoenix。又有話 Phoenix 乃從古埃及傳入。（與印度教之鳳，也許有些分別）

Salamander 沙羅曼達——蠑，火蠑，火蜥蜴。煉金術元素中代表火。五彩、劇毒。出現於火山口。身上寒冷且分泌體液。

沙羅曼達據説會憑藉身上的冷來滅火

Satyr-Dragon 薩提爾——羊男，以好酒好淫懶惰聞名，乃牧神及酒神之合體，半身羊尾及偉岸的陽具，意味淫褻。

Scarab 聖甲蟲——埃及傳說中的「聖物」。古埃及認為金龜子抱卵、滾糞球等與日升日落有相似性，便將之視為天球及重生的象徵，有神秘的保護作用。

Scylla and Sirens——Scylla 斯庫拉，海女妖。古希臘神話人物，六頭十二腳，本是小仙女，因愛情而遭變成女妖，於墨西拿海峽製造擾船的漩渦和激流，強烈表現女性之妒忌。Siren，塞壬，古希臘神話女海妖。上身是美麗少女，下身是鳥。居於西西里附近島上，性兇殘，《奧德塞》書中，形容牠歌聲漂亮極了，令船員着迷。牠是冥界帶路人、勾魂使者。英雄奧德修斯塞着雙耳，逃過被誘惑之一劫。後 Siren 成了警號代名詞。

The Behemoth and Leviathan——Behemoth，貝希摩斯，又名地獸，比貝希摩斯巨獸。《聖經》中的怪獸。《約伯記》記述：此獸是上帝創造天地第六天所創，後加入魔鬼行列，力大兇殘，有人

後世 Behemoth 和 Leviathan 的形象越來越邪惡

認為原型是河馬。Leviathan，利維坦，同日創造之怪獸，又名勒維亞，邪惡海怪，鱗硬，牙利，腹有刺。原型猜為白鯨或鱷魚。

The First Beast（第一頭怪獸）——七頭，十角，熊腿，獅嘴，似豹，海中出現，與上帝（God）為敵。

The Second Beast（第二頭怪獸）——有兩角，如 Dragon 咆哮，假先知，逼人崇拜假神。

Unicorn 獨角獸——西方神話中著名的幻獸，外形似駿馬，頭上有一角（角質），能解任何毒素，後在水中攪動，便消毒了。牠只能夠在少女懷中馴服。喻意：很難馴服的性格、野心、高貴、高傲和聖潔。

Werewolf 人狼——歐洲曾一度堅信有人狼。被人狼咬過、中了狼毒的人，下一個月滿之夜便會變成人狼，失去人性。喜襲人、吃人。只有耶教聖物及銀子彈、銀器可克治。坊間很多影視、文學作品描寫人狼，多表同情。

總結

Dragon是西方神話極重要的元素，在古巴比倫、古希臘神話、Anglo-Saxon盎格鰻魯—撒克遜神話、North Europe北歐神話、斯拉夫神話、耶教神話都有，為世界各地近似爬蟲類傳説生物的統稱，出現在各種藝術作品以及建築物中。

Dragon外觀上與東方的龍有一些相似，但背景和象徵意義差異甚大。Dragon主要任務是看守寶物、城池，一直是凱爾特人、維京人和撒克遜人的民族象徵。後來基督教勢力壯大，Dragon從此多與魔鬼等惡念畫上等號（但並非一面倒），與代表吉祥的東方龍南轅北轍。

比較東方龍及幻獸與西方之Dragon等幻獸，可擴闊眼界，對世界各文化有探索的起點。

參考書目

《新約舊約全書》

特里·布雷弗頓著，王晨譯《世界妖怪大全》，天津出版傳媒集團，2018。

杉澤繪，梁超撰《觀山海》，聯經出版，2019。

羅元編著《山精海怪》，中國工信出版集團，2018。

孫見坤主編，志怪社編著《中國妖怪大全》，天津出版傳媒集團，2018。

切特·凡·杜澤著，王紹祥、張愉譯《海怪》，北京聯合出版，2018。

笹間良彥著，李曉雯譯《世界未確認生物事典》，尖端出版，2007。

王存立撰《中國妖怪大圖鑑》，藍墨水出版，1997。
克里斯托弗·戴爾著，王晨譯《世界妖怪經典》，吉林美術出版，2018。
朱莉·迪爾夫著，溫詩媛譯《奇幻動物》，吉林美術出版，2018。
京極夏彥著，王華懋譯《百怪圖譜》，北京世紀文景出版，2017。
《幻想圖像集怪物篇》，八坂書房，2001。
劉星著《驚奇與怪異：域外世界怪物誌》，九州出版，2018。
焦婷編譯《發現神話中的怪獸》，新疆人民出版，2004。
王慧萍著《怪物考》，大雁文化出版，2006。
嚴優著《諸神紀》，北京大學出版，2017。
草野巧著《圖說怪獸事典》，尖端出版，2006。
伊雷內·貝利尼著，李玉成譯《世界怪物大搜密》，星晨出版，

2010。
水木茂著，KK譯《日本神怪圖鑑》，東販出版，2014。
何敬堯著，張季雅繪《妖怪台灣》，聯經出版，2019。
水木茂著，劉洪譯《中國妖怪傳奇》，星光出版，2002。
卡斯帕·韓德森著，莊安祺譯《真實的幻獸》，麥田出版，2017。
山口敏太郎著，涂紋凰譯《日本妖怪大百科》，楓樹林出版，1990。
《妖怪記》，中國國家地理·中華遺產雜誌出版。
董叢林著《龍與上帝》，三聯出版，1992。
鮑勒著，劉仲敬譯《飛蛇與龍》，光明日報出版，2010。
張辰亮著《海錯圖筆記》，中信出版，2017。
田村著《飛龍在天》，時代出版，2012。
田村、章宏偉著《中國龍小百科》，商務出版，2008。

朱乃誠著《中華龍：起源和形成》，三聯出版，2009。
劉志雄、楊靜榮著《龍與中國文化》，北京人民出版，1992。
何新著《談龍説鳳》，時事出版，2004。
何星亮著《龍族的圖騰》，中華出版，1991。
王大有著《龍鳳文化源流》，北京工藝美術出版，1987。
王從仁著《鳳：吉祥納福看瑞獸》，世界書局出版，1995。
寺田著，林芸蔓譯《龍典》，楓樹坊出版，2014。
久保田悠羅著，魏海山、張慧譯《龍之物語》，新世界出版，2008。
干寶《搜神記》
陶潛《續搜神記》
張華《博物志》
王嘉《拾遺記》
洪邁《夷堅志》

元好問《續夷堅志》

佚名《山海經》

王圻《三才圖會》

及有關網誌及影視製作，不能盡錄。

Antia Ganeri text, David West illustration: *The Illustrated Guide to Mythical Creatures*, Hammond World Atlas Corporation, 2009.

Joyce Hargreaves: *A little History of Dragons*, Walker Pub. Co., 2009.

Richard Barber, Anne Riches: *A Dictionary of Fabulous Beasts*, The Boydell Press, 1996.

Brenda Rosen: *The Mythical Creatures Bible*, Octopus, 2008.

www.cosmosbooks.com.hk

書　　名　賜官講怪獸

作　　者　劉天賜

策　　劃　林苑鶯

責任編輯　宋寶欣

美術編輯　郭志民

出　　版　天地圖書有限公司

香港黃竹坑道46號新興工業大廈11樓（總寫字樓）

電話：2528 3671　傳真：2865 2609

香港灣仔莊士敦道30號地庫／1樓（門市部）

電話：2865 0708　傳真：2861 1541

印　　刷　亨泰印刷有限公司

柴灣利眾街27號德景工業大廈10字樓

電話：2896 3687　傳真：2558 1902

發　　行　香港聯合書刊物流有限公司

香港新界大埔汀麗路36號中華商務印刷大廈3字樓

電話：2150 2100　傳真：2407 3062

出版日期　2020年7月／初版

ISBN ：978-988-8548-87-3